歌集

# さよなら
# 生きるちから

鈴井元宮
SUZUI MOTOMI

幻冬舎MC

# 歌集　さよならは生きるちから

# 目次

# 第一章

## 二〇〇一〜二〇〇五年

# 祖父の筆あと

さらさらと祖父の書きたる和紙の文字眺め入る時不意になつかし

のびやかな祖父の筆あとなぞりつつ蘇りくる思い出いくつ

吸いのみの口より流るる茶をこぼし猫とのどかな祖父の一日

新年はわれの節目と思いつつ引きしみくじの一番大吉

温かき賀状読みつつ感じ入る友の言葉とこたつのぬくみ

人間の心を育てる教育をいかに広げむ日日を模索す

夜の浜のテントのうちより見る花火は夏の夜空のこよなき思い出

身を寄せて友よりクロール教われば目を輝かせ負けじと娘は

初盆の来たりて祖父を思い出すわれに残せしあまたの教えも

文化祭大きなトトロや壁画たち夢を運びて明日へとつなぐ

うぶすなの庭に写しし宮参り月日は廻りてはや七五三

肌をさす北風さえも吹き飛ばす子供は風の子元気に遊ぶ

内親王ご誕生とてにぎわうは新しき世への民の期待

チラチラと小雪舞いくる夕まぐれ世界を変える魔法のごとくに

ふかふかの電気毛布に寝る子猫夢見心地に何を思うや

お早うもいつもの会話もあとわずか卒業してゆく生徒ら愛《いと》し

## 星影のワルツ

肩組みて星影のワルツ熱唱し別れ惜しむはわが校の伝統
遠くとも喜びわかつ友あらば心ゆたかに支え合いたし

日だまりに花びら舞えば声高らかに歓声あげる新入生らよ

テスト受くる生徒はシャーペン握りしむこれかあれかの迷いも振りきり

身も軽く朝のコートに打つ音よ日ざしの中をすがすが響く

屈葬のごとく丸まり眠る猫鉢より生まれて来しやと笑う

新顔の猫にゆずりしわがえさを眺める猫をけなげと覚ゆ

# 父の命日

年毎に月日の重みをかみしめる今日は父の命日にして
新生の活力みなぎる上海の街ゆく人の生き生きとして

自転車の荷台に物売る人びとよ蘇州の時はゆるりと流る

## 中国大会

強豪を倒して得たる栄冠は三位となりたる中国大会

指先もピンとそろえたる新入生古き日本のりりしさ見たり

ようやくの担任われの一年生心は天にも昇る思いに

汗ばみて家家訪ねるしんどさも笑顔に吹きとぶ家庭訪問

カチカチと深夜も静かに時刻む過ぎゆく夏を止めてほしくて

怖ごわと毛布の端より見る映画母娘の同じ仕草に笑う

ひと刻を脇目も振らずに遊ぶ子に付き添うわれも子供に戻りて

遠くより来られし君に教えられわれの心は深くかたむく

災難を吹き飛ばしての明るさが君のパワーの源ならむ

エレベーターの閉まるそれまで笑顔にて手を振り給いし君を忘れず

壁紙の破れた所を修理する生徒ら無心な午後の教室

昼休みよく教室で遊んだね男女仲良く腕ずもうして
来年はどんなドラマの生まれるか学校現場の大きな舞台に

## 胴上げ

転勤の決まれる同僚胴上げに男泣きする温かき仲間よ

去り際を彼は車内に涙ぐむ束の間の夢走馬燈のごとしと

ああ今日も元気でいるかな空席を見るたびあふれる思い出のあり

下手ながらあ子のボールぞ受け止めてわが遠き日の一コマ浮かぶ

子供らの書きたる願いの面白し「おこられませんように」長男の書く

織り姫と牽牛星とかささぎの伝説嬉嬉と子らの聞きいる

あと幾日新しき家族となる犬に小屋を作りてわれは待ちいる

しっぽ振り犬は無償の愛くるる受けいるわれらは微笑み返す

綱とれば歩調合わせてよく歩き離れては伏せしてわれを待つ子犬

花の国に変わらず父は明るくて宮のかなたの浄土に遊ぶ

顔のなき地蔵にわれは語りおり人の心の深さ思えと

子育ては人間磨きというなれど子から学べることの多しよ

ポケットに細き白き手突っ込んでつっぱり少年口笛をふく

髪の毛を黒に戻してスプレーの空き缶ころがす女生徒の涙

テスト中頭を伏せて眠る子の頭をコツンと昼下がりの教室

キャンプ場のそこここテントとランタンに家族の絆温めている

## トレーラー

トレーラーの中で眠れる親と子のキャンプの夜のしんしんと更く

キャンキャンと隣のテントは子犬連れ残して来たるわが犬思う

さわやかなキャンプの朝のまぶしくて家族の食卓生気に満ちる

リューリューとリールを廻す幼な子の引きたる獲物は大きな海鼠《なまこ》

二階建てのキャンピングカーにジプシーのごとくゆらゆら全国廻る

花たむけ友の墓前に手を合わせ旧友われらしめやかに集う

十年の時を経て今会う友ら変わらぬ友情強き絆に

年輪を顔に刻みて背に描きて友それぞれの人生をゆく

# 第二章

# 二〇〇六〜二〇一〇年

また一本白髪の増えたる母の肩細く悲しくも年月重く

空はなぜこうも澄みゆき青いのか嘘さえ包む深さ湛えて

師走道お稲荷さんのにぎわいて屋台の呼び声たこ焼きのにおい

古き良き伝統つたえる交詢社格式の壁扉の向こうに
エイサーのかけ声ドンと鳴る太鼓悲しき歴史振り払うかと
ざわざわと沖縄の風過ぎてゆく倒れたるとうきびのこだまのごとく

## スキー教室

バスの窓開ければ迫る白銀の広き世界に歓声の湧く

重き荷も弾む心は打ち勝ちて雪を踏みしむ宿舎めざして

初めてのスキー教室に並ぶ子らコーチの声に瞳輝かす

幾たびも転んでは起き立ちあがる生徒の姿に人生を見る

ジンギス・カン男子生徒の競い合うに女子は譲りて母のごと笑う

二日目はすいすい滑れるようになりスロープに描くトレイン・シュプール

ゆるやかな風は芽を吹かせ虫を寄せ綿帽子に乗せ旅に連れゆく

桃の花香るやよいの殿と姫頬そめ壁にむつまじく笑む

ひしもちに白酒あられと桃の花ぼんぼりほのかな春の夜の夢

机寄せ頭つき合わせては問いを出す男女の生徒の微笑ましくて

荒れていた学生たちの落ちつきぬわれらが日日の微微たる努力に

卒業式の準備忙しきこの校舎にはや五年経ぬ日過ぎの早く

教科ほど面白きものはなきことを深く調べてつくづくと思う

プリントに向かいて必死に書く子らの輝く瞳にやりがい覚ゆ

学びの本質こそは深きもの目には見えぬもかけがえのなし

放し飼いの眠そうな目の白やぎはごめんなさいと車よけゆく

工房の瑠璃やカランの陶磁器は伊万里を越えて大陸を見ている

備中の青き森林泣いており伐られる森を守ってほしいと

等身大ほどなる熊のぬいぐるみ抱かれ汚れてあ子らと育つ

チクタクと変わらぬ振り子の刻む音家族の思い出だいじに包み

バーベキューおのおの食材持ち寄りてホームパーティにぎやかな夕べ

ニイニイと林に鳴ける蝉たちがテントの勉強熱く励ます

## らっぱズボン

「今日は先生ましだよ」といちいちファッション・チェックする君らの
らっぱズボンこそおかし

茶髪の子指をかむ癖うつ伏して赤子のように夢ごこちなり

トニックと香水ぷんぷんつけてくるつっぱり君は鏡見て忙し

シャツのまま海に入りたる生徒らの歓声聞きつつアングルを合わす

彼岸花燃ゆる朱の色凛として山道の脇一隅を照らす

十三歳のわれの写真と子を比べ面影なぞり黄昏に酔う

にこやかな白き歯並みとその笑顔あ子しかるのも忘れ見ている

いつの間よ背中つまみてあっと言う肉ぷよよんと子犬太りて

初春の院展茶室は凛として小袖の老女のうなじもまぶし

櫻舞いて幻想に酔う色彩や友禅の模様われも染めたし

夫の仕切る祭典の儀と太鼓の音に余裕の見えて年月重し

目前に入試迫ればピリピリと張りつめる教室に眠る子一人

幸せそうにまどろむ寝顔のおかしくて「大きくなったね」コツンとげんこつ

入試事務みんなでやるのは楽しいが目を皿にして願書見据える

夜神楽の藁の大蛇は荒れ廻り松明のあかりに夜通し浮かぶ

## 鈴之助

初めての胴着をつけて手ぬぐいをきりりと巻く子に男の意地見る

面胴と激しく打ち合うあ子を見てこの鈴之助の頼もしきかなと

剣道の会の子と親ともどもににぎわい楽しく関西の旅

いにしえのベトナム僧の思いかな笙の音が大陸にわれをいざなう

斎王の群行みやびにおくゆかし伊勢への旅路女王の涙

「一・二」と二人三脚声合わせひと組抜きたるは夫婦の絆か

重箱の手作り弁当前にしてわが家の絆と誇りかみしむ

秋のある日髪を切りたり教室に入れば生徒のどよめき広がる

まんまるい無邪気な瞳の黒猫は犬の餌取り悠悠と肥ゆ

散歩につき来る丸い猫

とことこと散歩につき来る丸い猫愛犬おちょくるずうずうしさよ

またしても後方ダッシュで蹴られたる愛犬は耐えいる切なき顔に

雲海の中にま紅《あか》く輝きて山より出づる初日の出かな

元旦の朝の初雪薄化粧鳥居の上にも神神しく輝く

新年祭の祝詞の響く神殿にひれ伏す氏子らの肩の小ささ

親族で雑煮・おせちを囲みては抱負語り合う元旦の朝

ひさびさに甥っ子姪っ子と並《なら》びたてばわが背丈越すたけの子のごとく

新春に古き友より便りありなつかしき姿に若き日を偲ぶ

漢検の意気込みみなぎる教室に父母の期待を背負いて生徒ら

雨の中保護者は外にて待ち続けわが子の成果を期待して耐えおり

雨の中夫と息子の武勇伝は脱輪の車を助けたる顚末

いずこにかついぼんやりと置き忘れ物なくしては信用失墜

厳しき目にうっかりミスを減らさむとプロ意識持つが基本と知れり

子らは師の後ろ姿を学ぶゆえ子らを鏡と励みてゆかな

故文谷民子元校長を偲ぶ

ゆりの花凛と咲きたるさまにして病い恐れず生き抜きましし

実るほどに頭垂れたる生きざまの君の人望の厚きをうらやむ

民子とう名の通りなる人生を生きて完全燃焼されたる師かな

チューリップの赤に染みたるそのしずく花の息吹の脈脈として

しずくには空の青きも入り混じり自然のハーモニーの美しきこと

風になびく山の緑の美しさ左右に揺れるは合唱団のごとし

ひさびさに家族みんなのテニスなりラリー続けば笑顔も増える

少しずつラケットに当たる数増えてあ子ほめられてうれしげなる顔

ジャージー牛・羊・馬にもたわむれて高原の午後はのんびりと過ぐ

窯跡のトタンの間に巣を作り母猫密かに赤子を産んでおり

一匹の子猫ミャーミャー泣きながら見えぬまなこでしかと乳吸う

いつの間にか母猫は赤子をくわえ来て女帝のごとくベッドにまどろむ

投資家に踊らされたる原油高に世界経済も踊りいるなり

いつまでも続く原油の高騰に財布のひもも悲鳴をあげる

省エネとリサイクルにとエコ・バッグまず一枚の紙を表裏に

マグネシウム・水素・ヘリウム・自然エネルギー次世代の負う電力に期待す

いずこにか風車の電気作りては電力会社に売ると聞きたり

三十年後の「人工太陽」完成にわれらの未来も永遠に開けむ

きりぎりすとにいにい蝉のハーモニーキャンプの夕べは静かに暮れゆく

中蒜山芝生《なかひるぜん》のじゅうたんのその緑は湖水地方の田園にも似て

初めてのグローブに手を入れキャッチするあ子の額の汗ぞすがすがし

凛と立つ寡黙な黒人バスケット部の選手はアフリカのキリンにも似て

国はどこと聞けば彼女は優しげな瞳で答える「セネガルです」と

はるかなるセネガルからの留学生故郷を離れ日本になじむ

初めてのお伊勢参りよご加護をと鳥居くぐりて神に近づく

内宮の正殿の階上りつめれば神代のみ代の気につつまれる

五十鈴川の清らな川面に顔映せば千年昔のわれそこにあり

神代より続く遷宮の伝統は未来に伝える大和の心

平成の二十五年に完成の新宮長くも日の本まもり給う

古代より斎宮制度で結ばるる天皇家を今も神宮はみそなう

あいさつも元気に笑顔の班登校横断歩道をあ子は旗振る

まだまだと何度も練習つけてやるドッジボールの親子鍛錬

去年よりひときわ速く投げつけて何度も取るを見るはうれしき

体験と生徒ら「一日駅長」にお辞儀する姿からくり人形に似る

「この駅の階段はレールでできている」話す駅長の瞳は少年

遮断機にベンチにトイレ・ゴミ箱も念入りに点検するその姿かな

体験学習

とりどりのクリーム飾りでうれしげなパン屋で修業の生徒はコックさん

店内に百花繚乱の花花は輸入されたる世界の花と知る

教えられ魚をさばく生徒らの得意げな顔板前のごとし

阿修羅像多くの顔持つ多面さは人の我欲の心映せるか

興福寺の徳ある大きな仏像は煩悩を超え世を包む顔

東大寺の巨大な大仏の手のひらでわれらは転びてまた起きて生く

六度目の悲願の来日鑑真の閉じたる瞳は何を見そなう

はるかなるシルクロードを渡り来て瑠璃色ガラスはローマを映す

あすか路のノスタルジックなまち巡り町家で食すは古き良き味

家中の窓をふきたるぞうきんの山となりたり透く空見上ぐ

餅をもむ粉にまみれる指先のしわの数だけ幸せも増ゆ

ぶりあけびゆりねかまぼこほうれん草かご一杯に幸せ詰め込む

初スキー白銀平原大山にシュプール描く四本の筋

リフト降り白銀じゅうたん前にして制覇の意気にストック握りしむ

二メートル長きフィッシャーのジャンプ板 made in Austria の栄光刻みて

斜滑降・シュテム・ボーゲンわれ先とあ子らも続けばトレイン・シュプール

吹雪けども家族で滑れば暖かく団らんの時至福のいっ時

このスキーは誰のものかと尋ねると「ジャンプの葛西よ」とオーナーの笑う

桃香りいにしえの雛の飾らるる本町町屋は雅を彩る

紺屋町櫻のつぼみのほころぶに小川はせせらぐ春よ春よと

この町に十六年も勤務してゆっくり温かく育てられたり

## 八度目の卒業式

八度目の卒業式もあとわずかに旅立つ子らの前途を思う

「先生私も手伝ってあげる」寄りくる彼女らの卒業花輝く

ありがとうと皆に渡しし手紙には八年の思い一杯につめたり

ああこれで最後の仕事も終わりしかさらば高中楽しき日日よ

わが描き相談室に寄贈せし森と泉の絵よ皆を癒やしておくれ

最後の日同僚全員そろい出て互いに手を振り「元気でな」と嗚呼

五十分車を走らせ着きたるは別世界のごとき静かな任地

鳥の声・チューリップの花身にしみて再任校舎になつかしさ湧く

熱心に掃除する子らの美しさ一途な教育の伝統に感じ入る

オーロラの銀のカーテン夜に舞う星降る夜の幽玄の界

ユーレイル・パスにて幾つの国越えし二十歳のわれの若かりしかな

水に浮かぶゴンドラを見て思い出す中世の時うつベネチアの誇りを

感極まり勝利に泣きたる生徒らの三年の夏ぞ熱く過ぎゆく

幾たびも練習試合を重ね来てやっと手にした県大会の座よ

不器用でおどおどしたるあ子いずこコートに立ちたるりりしさぞまぶしき

波の打つ岩場の上の松の木は風雨に耐えて誰をか待ちいる

はるかなる水平線の終わりには何かがあると夢をふくらます

打ち寄せる波のおたけび桂浜龍馬の辞世の声とも聞けり

「棒奪い」熱気あふれる取り合いに転び引きずられてもしがみつく女子

必勝と掲げた旗振り応援す綱引く生徒らの勇ましきかな

大勢の保護者も参加の慰労会初めてなれどもすぐうちとけて

凛として背筋伸びたる立ち姿けいこに励めば古武士思わす

二年前おびえて尻ごみしていた子大声で見事胴を勝ち取る

「先生」と声をかけられ振り返ればやんちゃな教え子胴着来て座す

全校が画一化されマスクする新型インフルエンザは戦時体制に似る

次次と電話対応休みなく学校閉鎖の現実切なし

リレンザもタミフル投与も追いつかず猛威を振るう悪魔の風邪よ

送り人が死装束を凛と着せ紅いろ差せば生きいるごとくに

母よりも若くて逝きしは悲しくて白髪の老女のいたましきかな

ご主人と子供二人を送りたる嫗《おみな》のたくましさを縁者ら慕う

朝もやの高速道ゆく車内にて　ＢＧＭ聴く今日は試験日

二千人超える多くの受験生にひるむな頑張れとエールをおくる

若くしてチャレンジ精神忘れないあ子の努力よ実を結べよと

三年《みとせ》経て幼き生徒はすっと伸びうっすら髭のみゆる笑顔に

優しき子恥ずかしがり屋のノッポの子後ろ姿は大人の歩み

あとわずか卒業の扉ひらく時羽ばたく未来は虹色に輝く

おさげ髪スカート丈も気にしつつ面接を待つあ子よ頑張れ

春からは電車通学朝五時に目ざましかけて訓練始める

お弁当わたしとあなたで作る日がもうすぐ来るね母子で語る

なごり雪しんしん積もる北の道ガリガリきしめばタイヤは悲鳴

あとわずか芽吹きを待ちつつ草も木も世に出るその日を太陽に問う

かすみ立ち幾重に連なる山際にうす紅そここ山櫻かな

くたくたにつかれはてたるランドセルにおつかれさんとあ子は卒業す

卒業の取材におとなうＮＨＫうれし恥ずかしあ子らは待ちわぶ

朝もやを車で向かう受験場小さき戦士の戦いが始まる

原爆の子の像禎子に捧げたる千羽の鶴は平和をうたう

八時十五分で止まりしままの秒針は多くの生命の最期をさして

七十年は草木生えぬと言われしもアオギリ奇跡の生命が芽吹く

紫陽花の花に落ちいるしずくには満天の星やどりて光る

次の主役は私ですよと鮮やかに開かむとするしゃくなげの赤

わずかなる晴れ間を雲のすき間から太陽がのぞくもういいかねと

## お祝い電話

朝刊にあ子の作文載せられてお祝い電話の鳴りつぐはうれし

あ子は今イギリスに向け忙しくかなたの高校でも元気でと願う

さまざまな広き世界を見聞きして大きく成長してほしと願うも

肌寒き秋風吹きて木枯らしの舞い散る庭にこおろぎの鳴く

吐く息の白く消えゆく朝もやに光りさしこみ神ぞ降りくる

月の夜にひっそりと咲く白ゆりはこの世の全てを知るがごとくに

母さんにと娘のくれたるだんごには十六年の甘ずっぱさこもる

くるりんとおだんごきめたる女子高生女性らしさも日日に加わる

子供たちはあと何年で成人か指折り数えつつ仕事場に向かう

# 第三章

## 二〇一一～二〇一五年

しんしんとぼたん雪舞う今日の空仕事納めの道を急ぐも

新年の準備にいそしむ家を背に白銀の山日の出を待てる

神棚の清めも終わりすがすがし遠き御祖も笑みていまさむ

高梁の留岡幸助映画になりて心のはずみチケット予約す

人を呼ぶタイガー・マスク運動の広がりは日本覆いてぬくもり宿す

良き事はあっという間に広がりて優しき多くの幸助を知る

根雪とけ川の流れのすがすがし春を待つ空春を恋う山

山奥にひっそりえさ待つ猪子らの母は撃たれて食されむかな

桃の芽の背伸びせむとすうららかな朝の日ざしに小鳥目覚めむ

八年の長きにわたり教務され校を守りし先生さらば

校務には軍曹のごとく厳しくもユーモアあふるる君は指導者

手を振りて感謝を述べて去る君の教えかみしめただ涙ぐむ

校庭の花壇の花に舞い降りて蝶かろやかに春を振りまく

新任の教員迎えにぎやかに職員室に明るさ戻る

一年前大きなカバンに見えた子ら背丈も伸びて大人びて見ゆ

## 療養コピー

電話口に師の永眠を聞きながら涙流れ来思い出深し

百枚の療養コピーを持ってゆき治ってくれると信じていた夏

安らかな旅立ちされたる師の歌は永遠にわれらの心の中に

大正のロマンの香る町家カフェほっとひと息くつろぎの午後

黒塗りのきゅっきゅっときしむ廊下には住みし人らの労苦が滲む

大きくて黒塗り光る揺り椅子は老父のように親しみ深し

木造の古き小さなこの校舎通い慣れきてはや三年の過ぐ

ガラス戸もガタピシ鳴りて動かねば不都合なれど愛着もあり

大雨が降ると雨もる体育館生徒らと共にぞうきんがけを

たこ焼きにてんこ盛りなるかつお節じわと縮みて大阪のにおい

道頓堀は雑多ひしめく人の群れ食い倒れの街「ミナミ」は眠らず

# 負けてない大阪商人の心意気通天閣はあたりを払う

## カタカナ英語

遠くより結婚しますの報ありて従姉妹の相手はカタカナ英語
結婚後二人はドイツに発つと聞き寂しくなるねとメールを返す

叔母はもう白髪交じりて肩細り「しかたないわね」とポツンとつぶやく

頑張りて一位のテープが切れたようとうれしげなあ子初めてのアンカー

追い抜きてあ子の一位の優勝は日日の練習成りて万歳

足遅きあ子の努力のひたむきさその誠実さうれしくもあり

突然の訃報を聞きて涙する地域の星よなぜに逝くのか

幾重にもお参りの列絶えずして多くの涙に通夜深みゆく

秘密基地かまど作りにバザーなど君との思い出はみんなの宝

カラカラと一心不乱に手を合わせ源氏のご利益夢見る若きら

天皇のみ霊とむらう曹源池静けき庭はいにしえを知る

渡月橋の雑多なにぎわい通り抜け人びと向かう神の錦へ

ひさびさに同窓生らと集う時互いに老けしと笑い広がる

白髪やらしわの数など生きてきた勲章なりと友らと誇る

学び舎《や》は同じにあれど歩む道人それぞれと思いかみしむ

ふわふわと天から舞い降る贈りもの粉雪ぼた雪優しく問いかく

母さんの優しさ感じる粉雪よ十の私は着ぶくれていき

しもやけの手

しもやけの手に幾かさね包帯を巻いてくれたる母ぬくかりき

三年《みつとせ》を通い慣れたるこの校と今日かぎりかと思いかみしむ

車よけふかぶか礼する生徒らと見納めとなる春の良き日よ

同僚と過ごす別れの晩さん会ろうそくのあかり思い出映す

美しき林の木木よ山山よ「忘れないで」と呼びかけてくる

「また食べに来てくださいね」と優しげなマスターの目に癒やされ戻る

ミシン二台寄贈し部屋を出てゆける生徒の未来の幸を願うも

年一度連れ行く動物病院のなつかしく待合室のほのぼのとして

犬猫を連れたる人らの顔見ればどこかゆったりまったりとして

初めての注射に堪えたる愛犬に「えらい、えらい」と頭なでやる

照りつける日ざしにひっそりハイビスカスの吐息もらすかひとつくれない

ゆうるりと泳ぐまんぼうの大らかさに父に似るとくすりと笑う

エイサーの力強さと気迫には民の願いの根深くこもる

金網の向こうの芝生の住宅は結界の外日本は入れず

南海の海を見下ろし心打つ敵機に飛び込みし若者の決意の

琉球の風は今もささやけり戦なき世を永久《とわ》に願うと

三年《みつとせ》を電車に揺られ通学し友達の増え楽しさも増す

いつの間にか背も伸び声の変われる子中身も伸びよと笑い合う夜

あと数年すれば子供も成人すその日を夢見て仕事に励まむ

するすると子猫は柵をよじ登り自由の階段やすやすつかむ

なき母の代わりになつく愛犬を父と思いきて時にはパンチも

人見知り怖がりだけれど甘えん坊愛犬の姿われに似ており

夏香る出雲大社のしめ縄は民の願いを聞こしめすらむ

青さびの風土記の里の銅鐸は太古の音色を響かすならむ

今の世に眠りから醒めし銅剣の三百を超すに魅了のつきず

夏休みに生徒と運んだこの机息吹き返しおり新校舎にきて

さし入れのアイス・クリームに涙して皆でいただく笑顔のひと時

青春のいちページのまた過ぎて熱き涙は大人への道

精一杯頑張り抜いた文化祭絆をだいじに伝統を守る

初めての赴任校での運営はプレッシャーもあり責任重し
三か月を準備期間に練り上げて成功した夜のビールは格別
こそこそとしっぽを丸めた小だぬきと夜道に目が合い「やあこんばんは」

ご主人をいつも迎えて背丸めすり寄る子猫のいと愛らしも

猫と犬小屋をシェアしてともに住み寄れる親子ののどかさおかし

大掃除年に一度のすす払い断捨離をなし新年を待つ

くるくるとハンドル回し切る餅に幸せ祈り春を迎えむ

ゆっくりと家族と過ごす年の瀬をささやかな幸せぐっとかみしむ

カラカラと鈴を鳴らして祈る人それぞれの夢を賽銭箱に

絵馬に向き願いを書く子らすがすがし彼らの瞳は未来を見ている

あと二十日センター試験を前にしてあ子よ頑張れただ祈るのみ

壇上で卒業証書をもらう子ら未来の切符を手にしっかりと

先輩へ花束と色紙を渡す子ら笑顔泣き顔さわやかな青春

「ハイ・チーズ」部活仲間と肩組みし過ぎたる思い出永久《とわ》に輝く

赤ちゃんが生まれたよと聞く東京の従兄弟の声のなつかし優し

鯉のぼり空泳ぎつつ風に舞い子供らの夢ふくらみてゆけ

終わりあれば始まりもある人生のこのくり返し永久に平らに

とうきび畑

ざわわ泣く琉球の風のおたけびにとうきび畑は何をか答えむ

ひめゆりの壕の奥より響く声生きたかったと魂の泣く

ちゅら海の深きに生きるさんご礁竜宮のごと美しきかな

はんなりと新調ゆかたのあ子にして十九の夏のいとすこやかさ

赤白黄化粧華やかなうらじゃっ子元気に舞い踊り夜を沸かせる

うらじゃっ子　鬼のうらじゃに紛して
桃太郎まつりで連を組んで踊る人々

ブラウン管の中で踊りに励む子ら若者の夏弾みに弾む

どくどくと溝からあふれる濁流は怒りをぶつける鬼のごとくに

道いっぱい積まれた土砂の残がいに怒りの後の静けさを見る

幾つもの通行止めの標識は自然の力の大きさ語る

虫たちの優しさ切なさ包みこみ満天の星きらら耀う

こおろぎやきりぎりすらも歓迎し月夜のパーティ深夜まで続く

涼やかな光りに照らされ見つかりぬねずみらは恥ずかしそうに足音ひそむ

澄み渡るモンゴルの空青青と地上ととけあい世界を包めり

若者ら馬頭琴の音に酔いしれて騎馬民族らの夜は更けゆく

満天の星の輝きあ子たちにささやくごとしおやすみいい子と

清らかな五十鈴川《いすずがわ》のせせらぎは今なお民の心を清む

遷宮にちなむ

千年を神宮守りし檜らはこの日を待ちて生まれ変わらむとす

夫婦岩波に打たるるもへこたれず結べる綱の御幣輝く

幾千年月日を重ね語る面蘭陵王の伝説と生く

面の目に幾たび涙流れしや多くの血と汗吸いてなお生く

大太鼓舞いに合わせてこだまするこの世の闇を破るがごとく

うららかな春の日ざしの反射する川面のせせらぎに鯉ひとつ跳ぬ

敷かれたるレールを歩むだけでなくわが道開き若者のゆく

置かれたる場で花開く人生も囲いの中に咲く一輪も美《は》し

ブカブカのユニフォーム着てうれしげにミートする子らよたくましくあれ

三年後この子らはどう成長するか楽しみに待つ母のごとくに

菜の花の黄色いじゅうたん敷きつめて蜂らのダンス軽やかに舞う

母の日のカーネーションとプレゼントああそうだったと顔のほころぶ

あ子たちや夫《つま》の選べるポロシャツはピンクのかわいいわれへのごほうび

畑作業に精出す祖母にいつまでも元気でと賜う麦わら帽子

しゃりしゃりと氷かきわけスプーンにてすするいちごのぶっかきさわやか

ブンブンと鳴る扇風機風運び頑張ってねとわれらを励ます

黒光りの体育館の床走る清き乙女らま盛りの夏

二十歳指折り数え待っていた大人の階段上りそめる子

貸し衣装に写真集から着つけ代ふところ痛き忍耐の夏

帯着物留学生らに着せてあげ写真のあ子が大人顔をす

書いて消し用紙汚れて焦る子は空欄埋めるに必死の形相

頭かき鉛筆くわえて悩む子の懸命な姿愛らしくもあり

## 櫻花

英霊の静かに眠る靖国の本殿に寄り思いめぐらす

置き物の中にひっそりと櫻花永久《とわ》に咲くらむ彼らに代わりて

「父母よさらば」と辞世の句を詠みて散りし兵士は空見あげしや

寒空にこうこうと照る満月は二度と見られぬ月蝕の過ぐ

龍馬やら西郷も見し月なるか歴史の流れを静かに見つむ

激動の世を照らしたる月なるを日本の行く末照らし示すや

広島のアオギリは見し遠き日の原爆投下に地獄となるを

水求め泉にむらがる人びとの影だけ残るあの日に泣けり

新しき息吹を待つ芽は青青と広島のごと生まれ変わらむ

あちこちと背伸びを始めたつくしたち優しき笑顔はあ子らにも似て

ふくよかな幼なの顔は三年で大人の顔に君は旅立つ

難しき問題なれどスラスラと解く子は涼やかについあくびせり

しかった日笑った日日のなつかしく思い出あまた永久《とわ》に忘れず

大統領各国貴賓をもてなしし今なお誇りの帝国ホテルよ

春爛漫御苑の櫻の舞う下に人びとそれぞれ憩いやすらぐ

ムスリムもインドに中国の人ら皆みそ汁を飲み日本の顔に

新緑のまぶしき日だまり心地よくすずめ飛び交いうれしげに鳴く

時どきはドンと身構え居すわりて餌をたいらげしたたかなノラ

年老いた愛猫に添うノラ猫はなあなあと語り優しげに眠る

## 向日葵

澄み渡る夏空の下いちめんに広がるじゅうたん向日葵の顔

日に向かい日を見つめては日に眠る向日葵元気太陽のごと

黒き羽根はたたかせつつトンボ飛び草の葉の中吸いこまれゆく

運動会熱気あふれるグラウンドの生徒ら青春を共にはじけむ

転んでも立ちあがる子のたくましく涙をこらえまた走りだす

走り切りバトンをパスし輝く目少女のころのわれと重なる

# 第四章

## 二〇一六〜二〇二四年

鬼やんま刈り穂の茎についと寄り秋のおとずれついと去りゆく

りんりんと鈴虫静かに鳴く夜は水面の月も涼やかに笑む

かの国にはうさぎの住むと人の言う月は深夜を静かに照らす

くもの巣や頑固な汚れを取り除き磨いた窓に日の影の映《は》ゆ

百八の除夜の鐘《ね》響く年の瀬に知恩の祈りは煩悩を払わむ

静寂の社に白き息吐きて新たな願いに柏手を打つ

目に見えぬプレッシャー全てはねのけて子は歩み出す進路みきわめ

からからと鈴を鳴らして祈る子の横に神よとわれも祈れり

今日もまた重き荷物を背負いしや子に負けるなと吹雪につぶやく

## 道

通信を渡し最後の学活は「道」という詩を心込め読む

元気でと生徒らと撮る記念写真笑顔泣き顔未来を見つめ

さよならと手を振りながら門を出る育ててくれし校舎よさらば

転勤し新たな職場に顔出せばなつかしき顔にうれしさの増す

笑顔にて新入生を迎えられわれわれも新人と胸熱くする

「こんにちは」と元気なあいさつ生徒らはやや恥ずかしげにわれに微笑む

藤の花うす紫のしだれ咲き三笠の山に優しさ添える

荘厳なる春日の鳥居は幾世経て鹿に守られ静かにたたずむ

餌をやると人なつっこくついてくる神の使いの鹿の朗らに

# 竹の節目

すっと伸びる濃淡の美の奥ゆかし竹の節目は人生に似て

さやさやと流るる水辺は涼やかにま夏の日ざしをさらりと返す

二億年の昔ここらは熱帯とシダの化石は静かに語る

鬼ヶ島バスに行き着く洞窟の前に出迎えの鬼瓦愛らし

鬼すむといわれし洞窟へ案内《あない》され退治されにし鬼をあわれむ

出口には桃太郎ゆかりの吉備団子甘さおさえてあっさりなじむ

男でも料理の得意な下の子に今日も感謝し手助けたのむ

オムレツやギョーザにシチューも丁寧に教科書通りの仕上がり見事

上の子も下も大学自分から手作り弁当持参の頼もし

黒部峡トロッコ列車に揺られ行き迎える峡谷温かく笑む

吹きさらす風受けトンネルに入りたればむき出す岩肌動くかと見ゆ

そそり立つ崖に錦をまといいる赤黄茶に染む神神の谷

ハッと起きよだれをぬぐい頭かく生徒の見せるその豪快さ

ほかの子は答案用紙にカリカリと戦いにいどみ問題を解く

成功にはＥＱもだいじよと励ませば寝起きの生徒は「アース」とはにかむ

宮島と春日神社の能舞台神に奉げて魂《たま》伝えゆく

能面の白きに業の宿るごと涙染みこませ今もなお生く

能のあと園にいただく茶の席は一期一会の人生の味

陽炎がゆらゆらゆらゆらぎ長崎の志士らの涙石畳に染みる

若き日の維新の志士ら駆け巡りし石畳の坂今日もきしめく

隠れ里にひっそり隠されし聖母の像守りし民らの涙に染まる

子の短編思いのたけをぶっつける文芸誌に見る若き血潮よ

学祭で文芸誌売るあ子たちははにかみ微笑み青春を謳歌す

息子さんの文章はいつもすごいですと率直な友の賞賛うれし

演劇も出演してるとふいに聞きポスターの子の名前に驚く

姉もまたポスターを見てうれしげに六時からでも行くよと励ます

学祭に大活躍だねと肩たたき単位落とすなと先輩のげんこつ

## 御来光

御来光鳥居の彼方の海の上に額づくわれらの身を清めたまう

五十鈴川はるか昔より禊する民のけがれを水面《みなも》に流し

見事なる大正天皇の大松は伊勢に根づきて国を守らむ

キラキラとまぶしき光りに張る空気軒のツララをツンと叩きぬ

あと少しもう少しだねと待っている地中のつぼみはあくびして伸ぶ

南南東節目となりし恵方巻方角探して福を求めむ

凛としてなつめ拭きいる生徒らの背筋の伸びるは茶人に劣らず

鮮やかに器に盛りたる菓子類は花嫁衣裳の乙女にも似る

丁寧に懐紙に菓子盛る竹の箸枯れたる老女の穏やかさ持つ

十年の年月を経て再会す親族一同のなごやかな時

東京の大手の部長になりし叔父人を選《よ》る目の厳しく優し

名古屋から美しき叔母もやって来て朗らかに笑う昔のままに

摩天楼の屹立《きつりつ》なせる不夜城よ魔都上海の夜は更けゆく

ノスタルジア古き時代の租借地のジャズの響きに町はまどろむ

長江の泡沫《うたかた》のごと生まれ消え皇帝らの夢大河は包みき

泉涌寺にて

古都にある東山なる奥深く帝の通いしみ寺をたどる

山吹色の袈裟を羽織りて列をなし境内歩む僧の気高し

堂内に修行の声音《こわね》こだまして経典たたむ音神神し

西日本豪雨は堤防軽く越え泥海と化し全て呑みこむ

土砂の山に木くずやゴミのうずたかく夕焼けの中ものの悲しかりけり

屋根上で七時間も待ったのと幼なじみは恐怖を語る

派遣されボランティアにて行きつくは教え子の家奇縁を感ず

遠方の全国より来る給水車明日への希望を涙に汲みぬ

## 黄金の稲

ちょろちょろと小道に水が通りだし稲息吹くさま見て安心す

黄金の稲のじゅうたん鮮やかに豪雨の傷跡そっと隠しぬ

床板をはがして土砂を取り除き同僚宅へも皆で奉仕す

豪雨禍の心の傷は深けれど尊き宝のあふるるほど満つ

白ひげのサンタは空駆け子供らのひとりひとりの夢を袋に

生前の父はムーミンのパパ似だと旧友はつぶやきなるほどと思う

木枯らしの町に小雪の舞い降りて冬を待つ子ら手を広げ招く

細き背に重荷背負いて引き受けつ狩衣羽織り神人と化す

しめ縄をなう手に少ししわも増え白髪増えたる初老の主人

幾代も受け継がれしはこの烏帽子主人に伝わりはや十七年なり

大みそか笹や南天飾りつけ晴れの鳥居は春を迎えむ

紅白の歌を見ながら息をつくこの一年の苦くも楽し

静寂を破りて響く除夜の鐘煩悩払い新年を迎えむ

三年生の最後のテストの自習時のシャープ・ペンシルの音現代の子ら

優しさに包まれながら学び舎《や》をあと少しで発つたくましき子ら

別れの歌高らかに歌う子らの声故郷を思う気持ちは変わらじ

黙黙と床を掃いては磨く子ら美しき心共にはぐくむ

さよならは生きるちから

さよならは生きるちからと励ましぬ元気で育てと別れの涙を

最後の日テニス・コートの青春は涙と笑顔で別れを惜しむ

ママ友は「おばあちゃんになったの」とうれしげに言う少女のごとく

満面の笑顔の写真の孫見てはほころぶ彼女幸せつかむ

子犬のようにじゃれあい遊びし子供らも大人になりて社会に旅立つ

新しき職場は亡父の学び舎《や》で幼き父を思い微笑む

木の香る古き小さな教室に赤い頬せる父も座りしや

貧しいが優しく素朴で温かきこの地に愛され父も育ちし

松山の領民救いし熊田恰《くまだあたか》の武士道魂今に語り継がるる

万が一松山藩の潰されれば藩主も蝦夷にて道開きしや

大手門の道場より響くかけ声は日本を守る剣士たちなり

十九号激甚被害を巻き起こし東日本の台風禍悲惨

昨年の恩返しするはこの時と支援物資をわれも送りぬ

海となり取り残された老人を救うボートの若者らたくまし

九十一歳で天に召されしご近所のばば様の遺影にのどかさ滲む

幼き日遊んでくれた姉さんは四児の母と成りたくましく皆を指導す

しわの増え働き通して老いきざす彼女はなおも力強く生き抜く

勝手口にいつもどっしり見張り番わが家の猫の勇ましき姿

チリリンと鈴の音軽く振り向くは見つかっちゃったと丸き目の猫

のうのうとよその敷地に入り込みご飯を頂きおすましの猫

あどけなき息子も今は社会人に横顔肩幅大人に近づく

櫻舞う春の良き日に旅立つ子時代は巡り家庭持つ日も

あ子たちよ社会に羽ばたけ夢抱き壁に打ち勝ち進めよと祈る

ザグザグとガーゼ・タオルを断ち切りてマスクを作りコロナと戦う

家庭科や委員会でも布を切りマスクを作るけなげな生徒ら

銃の店に行列できたとハワイなる従姉妹の無事を祈る大空

道の辺のにこやか顔の石仏は古《いにしえ》からの業を背負いぬ

その昔民らは集まり強訴して血と汗涙に仏は染まりぬ

傍らにそっとたたずむ仏様優しくより添い民らを慰む

コロナ以前の平和な日日を夢に見る輝く時のかけがえのなき

もう少しの辛抱ですとなだめられ今日も無理かとため息ひとつ

待ちわびるワクチン接種の朗報に太陽神の希望の見ゆる

うららかな櫻並木を通り抜けあ子は歩いて職場に通う

あの道の向こうに何が見えるのか幸多かれと祈る親心

人生の荒波に負けず乗り越えて自分の星を手にしてと願う

「青天を衝け」の活気あふれる主人公明治立国の実現に力を

新しき壱万円の顔になり深谷の百姓伝説となる

帝国ホテル産

そういえばこれも栄一の作りしか愛用のカップにスヌーピーは笑む

コロナ禍に津山の地よりもらい来し子猫の蘭は九か月となる

辛い時子猫にそっと手を出せばひたすらなめるけなげさ愛《いと》し

避妊手術

朝一番ケージに運び入院をわが子の手術見守るがごとく

眠りこけ無事に手術に耐えし猫目覚めたちまちうつつに戻る

待ちのぞむ抜糸手術を迎えし日縄を外されうれしげな猫

目をつむり幸せそうに手をなめる愛くるしき猫わが家の姫に

生徒たちそっと手を添え大切に苗を植えたり赤子のごとく

水やりはすぎても根腐りほどほどにやらねば枯れる愛情のごとく

いつの日か大輪の花に成長し道切り開いては夢を果たせよ

元気良き明るい花びら満開の五輪の向日葵天下を取らむとす

何度泣き汗まみれなる下積みの努力の成果が今開かむとす

やり遂げて「君が代」歌う選手らの涙の糧は歴史を刻む

## 心の宝箱

胡蝶蘭の鉢や花盛り花束が届く今日こそ退職記念日

三十余年長くて短い道のりは山あり谷あり汗に涙に笑いあり

何十年撮り続けたる思い出はわれの心の宝箱に眠る

この二月《ふたつき》すでに五回を慰労され肥えたる丸顔はじける笑顔

異国よりわれらを祝い帰る友母なる彼女は大学の教員

ぜひ今度フランスに来てと頼まれて再会誓う片田舎の居酒屋に

# おわりに

最後までお読みいただき、ありがとうございました。この歌集は、私が子育てをしながら教員を勤め、退職するまでの二十年以上の間に作ってきた歌をまとめたものです。毎日多忙な最中にもかかわらず、私が短歌を始めることになったきっかけは、私や両親とも仲の良かった、近所の女性校長先生から、地元の短歌会に入会を勧められたことでした。

その短歌会は清水比庵の流れを汲む「麓」短歌会といいました。先生は、昔からいつも寛容で温かく、短歌以外にも、私に、毎日日記を書くことの大切さを教えてくださいました。先生は、それらは備忘録としてだけでなく、自分の生きてきた人生の証しにもなるし、後で必ず役に立つこともあるからと私に教えてくださいました。その教えを受け、私はそれ以降、短歌と日記を二十数年続けて書くようになりました。その後、残念ながら、先生は御病気でお亡くなりになりました。いつも凛とされ、厳しい面がありながらも心が広く、いつもまるで私のもう一人の母親であるかのように接してくださいました。その生き方は、最期まで崇高であり、心から尊敬すべき師でした。私の心にも、たくさんのかけがえのない思い出や教えを残してくださいました。その後に指導してくださった先生方にも、高齢でお亡くなりになられた方たちは何名もおられました。

この短歌に綴ってきた年月の間には、先生方だけでなく、祖父、旧友、地域の方たちなど、多くの方たちが永眠するという悲しい経験をしました。また、職場においても、生徒たちは入学から卒業までをくり返し、自分も転勤による別れや出会いをくり返してきました。そして、それまでの間に、幼かった子供たちもいつしか成長して大学を卒業し、社会人になりました。さらに、長女は結婚し、家を巣立っていきました。涙もあれば笑いも感動もあり、一瞬一瞬が大切で、自分にとっては全てがかけがえのない宝箱の中の宝石でした。

人生はこのように、出会いと別れの連続だと思います。別れもあれば、また次の新しい出会いもあります。別れは悲しいことだけれども、人生の糧になると思います。そしてそれは、次への人生のステップにつながる、「生きるちから」になると思います。私自身の今までの人生の中でも、今までくり返されてきた多くの出会いと別れが、私を成長させてくれました。それ故、初の出版となる二十数年の想いを込めたこの歌集を、『さよならは生きるちから』とすることに決めました。私のこの歌集が、この本を手に取られた方々にとって、少しでも、「生きるちから」を育む一助になれば幸いです。私に短歌や日記を書くことの大切さを教えてくださった、故文谷民子先生、また、この歌集の出版までに大変ご尽力いただいた、千葉敦子様、中村美奈子様をはじめとする幻冬舎メディアコンサルティングの皆様、本当にありがとうございました。皆様のご尽力に感謝して、出版のお礼の言葉とさせていただきます。

令和六年　十一月

鈴井元宮

〈著者紹介〉
**鈴井元宮**（すずい もとみ）
1967 年岡山県生まれ。岡山県在住。
立命館大学文学部史学科卒業。元中学社会科教員。学芸員資格を有する。実家は神道の社家。近所の校長先生に誘われ、短歌を始め、二児を育てながら、退職するまでの日常の想いや出来事などを、二十年以上詠う。退職後、介護もしながら、菜園や手芸、美術館巡りなど、岡山の片田舎でスローライフを楽しんでいる。

# 歌集《かしゅう》　さよならは生《い》きるちから

2024 年 12 月 4 日　第 1 刷発行

著　者　　鈴井元宮
発行人　　久保田貴幸

発行元　　株式会社 幻冬舎メディアコンサルティング
〒151-0051　東京都渋谷区千駄ヶ谷4-9-7
電話　03-5411-6440（編集）

発売元　　株式会社 幻冬舎
〒151-0051　東京都渋谷区千駄ヶ谷4-9-7
電話　03-5411-6222（営業）

印刷・製本　中央精版印刷株式会社
装　丁　　弓田和則

検印廃止

Printed in Japan
ISBN 978-4-344-69178-0 C0092
幻冬舎メディアコンサルティングＨＰ
https://www.gentosha-mc.com/